AF321854

LES EMBÉLLISSEMENS

DE PARIS,

Pièce qui a remporté le prix décerné par la Classe de la langue et de la littérature françaises de l'Institut, dans sa séance du 10 avril 1811 ;

PAR M^{RIE}.-J.-J.-VICTORIN FABRE.

PARIS,

DE L'IMPRIMERIE DE D. COLAS,

Rue du Vieux-Colombier, N° 26, faub. Saint-Germain.

1811.

LES EMBELLISSEMENS

DE PARIS,

Quand l'heureux Amphion, placé par la victoire
Au trône de Cadmus qu'ennoblissait sa gloire (1),
Posant le bouclier, le glaive des combats,
Agrandit les remparts défendus par son bras,
On dit que du héros reconnaissant l'empire,
Les pierres s'élevaient aux accords de sa lyre.
Tels furent les récits dont Thèbes autrefois
Honora les bienfaits du plus grand de ses rois;
Bienfaits environnés d'héroïques prestiges.
Français! voici le tems d'expliquer ces prodiges.
Chez un peuple guerrier, sur la *terre de Mars*,
Cette lyre divine élevant les remparts,
A des chants belliqueux mêlant son harmonie,
C'est l'accord du pouvoir, des arts et du génie.

---

(1) Amphion ne fut couronné roi de Thèbes qu'après avoir vaincu de nombreux ennemis. D'autres princes avant lui avaient régné dans cette ville fondée par Cadmus ; mais Amphion fut le premier qui *l'entoura de remparts* et lui donna des monumens publics.

J'en atteste nos murs, et ces hardis travaux,
Ces arcs triomphateurs, ces temples des héros,
Qui, des grands souvenirs nobles dépositaires,
Diront à nos neveux la gloire de leurs pères.

Tandis que de nos tours dominant la hauteur,
Le bronze des vaincus prend les traits du vainqueur (2);
Quand le marbre s'anime au flambeau de l'Histoire;
Quand, sous le char d'airain que guide la Victoire,
La porte triomphale, au sein de nos remparts,
Joint sa pompe guerrière à la pompe des Arts;
Vous tous qui mutilés, et chargés d'un long âge,
Cédez avec lenteur au tems qui vous outrage,
Edifices pompeux des François, des Henris,
Affermissez vos murs, rejetez vos débris,
Et d'un luxe nouveau déployant la richesse,
Recommencez le cours d'une longue jeunesse.

Toi sur-tout qui vieillis avant d'être achevé,
Monument que dix rois n'avaient pas élevé,
Répare ces lenteurs d'une imparfaite gloire
Qui, même en l'honorant, accusait leur mémoire.
Napoléon a dit à ce Louvre orgueilleux :
Sois le palais des Rois et l'Olympe des Dieux.

____

(2)... *Ex ære capto.* (Inscription de la colonne élevée sur la place
Vendôme.)

Soudain, avec cent bras, la grue obéissante
Élève sur ces murs la poutre frémissante ;
La pierre qui gémit sous l'acier des marteaux,
En socles s'arrondit, se courbe en chapiteaux ;
Le monument s'achève ; et sa pompe nouvelle
Pare, sans la cacher, sa vieillesse immortelle.

Oui, ne l'effacez point, respectez ses débris :
Les nobles souvenirs errent sous ces lambris.
Ici, Colbert, Villars, et Tourville et Turenne,
Illustraient de Louis la grandeur souveraine ;
Ici de Montausier la généreuse voix
Instruisait aux vertus l'héritier de nos rois.
Ici viennent s'unir leurs augustes images
A ces marbres chargés de vingt siècles d'hommages,
A ces Dieux, de la Grèce immortels habitans,
Qui protégeaient ses lois, guidaient ses combattans,
Se couronnaient de fleurs aux jours de ses conquêtes,
Partageaient ses plaisirs, ses travaux et ses fêtes.
Hélas ! ils ont aussi partagé ses revers !
La Grèce, qui de Rome avait reçu des fers,
A vu, dans leur exil, ces familles divines
Aborder, en tremblant, le Dieu des sept collines,
Son aigle inexorable et son sénat de rois.
Conquis, après mille ans, par de nouveaux exploits,

Ces illustres bannis que le droit de la guerre

A deux fois réservés aux vainqueurs de la terre,

Ont trouvé dans nos murs, pour fixer leurs destins,

Et l'olivier d'Athène et l'aigle des Romains.

Le Capitole même, où n'est plus la victoire,

A vu passer comme eux du parti de la gloire

Ses héros, ses grands Dieux, ses pénates mortels (3).

Sans changer de patrie, ils ont changé d'autels ;

La Rome des Césars n'est plus aux bords du Tibre.

Rome de Léon dix, et Florence encor libre,

Des chefs-d'œuvres d'un siècle ennobli par les Arts

Ont payé nos succès, enrichi nos remparts.

Le crayon d'Ausonie et les pinceaux belgiques (4)

Décorent ce palais, séjour des Dieux antiques ;

Et la main des Le Bruns, sur les peuples vaincus

Y fait régner encor les rois qui ne sont plus.

---

(3) On sait que les anciens distinguaient les grands dieux, *magni dii, dii immortales ;* les dieux citoyens, *dii indigetes ;* les dieux particuliers des familles, que chacun était libre de choisir à sa fantaisie, *penates,* etc. ; tous divisés en deux classes principales, *dii majores, dii minores.*

(4) On a voulu exprimer dans ce vers ce qui distingue le plus éminemment l'école italienne et l'école flamande, dont l'une est célèbre sur-tout par la perfection du dessin, l'autre par la beauté du coloris.

O pouvoir du génie et des veilles savantes !
Des marbres immortels et des toiles vivantes
Dans ce temple des Arts rapprochent tous les lieux,
Les siècles, les talens, les héros et les Dieux.

TELS, si vous parcourez le jardin qui rassemble
Ces végétaux lointains surpris de vivre ensemble,
Dans cet espace étroit s'offriront à vos yeux
Ce dattier dont Memphis adora les aïeux ;
Cet arbre qui nourrit l'Indien des Deux-Mondes
Et lui verse un lait pur de ses grappes fécondes ;
La flèche du palmiste et ses chapiteaux verts ;
Le coton blanchissant qui mûrit dans les airs ;
Les cèdres parfumés ; et la palme inodore
Qui s'abandonne aux vents dans les champs de l'aurore ;
Exilés, aujourd'hui citoyens dans nos bois.

AINSI de tous les Arts conquis par nos exploits
Ont fleuri dans nos murs les palmes immortelles.
Le génie enflammé par d'éclatans modèles,
Illustrant le ciseau, le crayon, le burin,
D'une héroïque ardeur fait palpiter l'airain (5) ;
Donne au marbre les traits et la voix de l'Histoire (6) ;
Transporte sur la toile où se peint la victoire

---

(5) Statue colossale de l'Empereur.
(6) Bas-relief du Louvre, par M. Moitte.

(8)

Le choc des légions. . . que verra l'avenir :
Ou, fier d'éterniser un plus doux souvenir,
Sur les foudres éteints de Bellone enchaînée,
Aux autels de la Paix il conduit l'Hyménée (7).

Cependant à l'éclat de ces arts fastueux
S'allie avec noblesse un luxe fructueux.
La Seine sans offense a pu gonfler ses ondes ;
Des remparts élevés sur ses grottes profondes
Le sommet s'élargit, et protége ses bords.
Je vois ses ponts nouveaux unir ses nouveaux ports.
Leur voûte s'affermit sur la plaine mobile ;
Et les chars vont rouler où fuit la rame agile.
Jardins, bordez le fleuve ; et vous, frais boulevards,
D'une double ceinture ombragez nos remparts ;
Tombez, cachots impurs (8) ; naissez, grands édifices,
Aux mœurs, à l'indigence, au commerce propices :
La main qui fait les rois posa vos fondemens.

Tu les avais prévus ces sages monumens,
Immortel écrivain, peintre éloquent d'Alzire.
Quand ta plume légère *embellit Cachemire* (9),

---

(7) Un grand nombre de peintres connus ont traité ces divers sujets. Il serait superflu de nommer les plus célèbres.

(8) Le Temple, le Châtelet, etc.

(9) Voyez dans le Voltaire de Kehl, XXXVIe volume, le premier des *Dialogues* ou *Entretiens philosophiques*, intitulé : *Des embellissemens de la ville de Cachemire.*

Tu disais : Des saisons prévenant les hasards,
Empruntez à Delhy ses prévoyans Bazars.
— Ils s'élèvent : déjà leur utile prudence
De la moisson prodigue enferme l'abondance,
Et des secrets trésors de la fécondité
Conserve l'héritage à la stérilité (10).

Tu disais : Dans vos murs où la misère implore
Ce pain qui la fait vivre, et qui la déshonore,
Verrai-je aux malheureux quelque asyle s'ouvrir ?
Roi, ce sont tes sujets qu'il te faut conquérir ;
Mets l'outil nourricier dans leur main diligente.
— Ces vœux sont exaucés : à la foule indigente
S'est ouvert l'atelier de nos arts plébeïens (11) ;
Asyle où le travail forme des citoyens,
Rend les cœurs au devoir, les bras à la patrie.

Tu disais : Des Romains imitez l'industrie :
Qu'au sein de vos cités multipliant leur cours,
Les fleuves asservis vous prêtent leurs secours.
— Eh bien ! sous nos remparts une route secrette,
De la nymphe d'Arcueil et du dieu de l'Yvette,
Qui dans un lit de fer y grondent enchaînés,
Fait couler avec art les flots disciplinés.

---

(10) Greniers d'abondance.
(11) Dépôts de mendicité.

L'air qui les comprimait les rend à la lumière :
Dans les plaines de l'air, leur fougue prisonnière
S'échappe en frémissant de ce lit souterrain :
Naïades ! respirez par vos tubes d'airain ;
Au faîte des palais lancez vos girandoles ;
De vos franges d'albâtre entourez ces coupoles ;
Montez, tourbillonnez, flottez au gré des vents
En voile diaphane, en panaches mouvants :
Et tandis qu'au soleil votre gerbe limpide
Disperse le brouillard de sa poussière humide,
Et dans l'air qui s'épure à son flot argenté,
Verse au loin la fraîcheur et répand la santé ;
Tombez sur ces gradins en bruyantes arcades (12) ;
Sur le pavé glissant retombez en cascades ;
Que le flot qui serpente et qui lave nos murs,
Chasse un limon bourbeux dans des canaux obscurs.
C'est ainsi que d'un roi la féconde puissance
Fait du luxe un bienfait, même pour l'indigence.

Mais d'un peuple nombreux prévenir les besoins,
Est-ce donc tout le fruit de ses généreux soins ?

––––––

(12) On sait que la *Fontaine des Innocens*, plus particulièrement décrite dans ce passage, ne donne constamment une eau pure et abondante que depuis l'achèvement des travaux rappelés dans les vers précédens.

Non ; il veut que des arts la pompe tutélaire
Imprime à tout ce peuple un noble caractère.
Il dispute à l'oubli les vertus, les exploits ;
Fait asseoir l'Hôpital au portique des lois (13) ;
Place un guerrier fameux sous le dais funéraire
Près de l'autel funèbre où repose Voltaire ;
Et sur ces grands débris confiés au tombeau,
De l'immortalité fait veiller le flambeau.
Par lui, des monumens la visible éloquence
Raconte le bienfait, redit la récompense ;
Agrandit le passé d'un noble souvenir ;
D'un vertueux exemple enrichit l'avenir ;
Propage des talens la sainte idolâtrie ;
Et grave dans les cœurs la gloire et la patrie.

Oui, ranimer l'honneur, enflammer le devoir,
Tel des grands monumens fut toujours le pouvoir :
Et sans chercher ailleurs tant d'exemples célèbres
Qui de la nuit des tems ont percé les ténèbres,
Voyez chez les Romains, au mépris des licteurs,
Un nouveau Marius braver les sénateurs :

-----

(13) Il serait sans doute superflu de désigner plus particuliérement les statues, les temples, les monumens de tout genre auxquels on fait allusion dans ces vers, et qui sont exposés aux yeux de tout le monde.

Caton même se tait, tout est glacé de crainte.
Le consul s'est levé: sa voix terrible et sainte
Implore les autels de *Jupiter Stateur* (14).
A ce grand souvenir, à ce nom protecteur,
Le sénat se rassure; il voit l'auguste idole,
Comme au tems de ses rois, sortir du Capitole:
Catilina frémit, le foudre menaçant
Semble déjà tombé sur son front pâlissant:
Il fuit, l'aigle vengeur poursuit l'incendiaire:
Il meurt. Et le sénat, le peuple, Rome entière,
Dans le temple où jadis triomphaient ses aïeux,
A ce nouveau triomphe appelle encor ses Dieux;
Et croit que du consul éclairant la victoire,
L'astre de Jupiter luit sur le char d'ivoire (15).

---

(14) Allusion à cette fin de la première Catilinaire : « Et toi,
» Jupiter Stateur, dont le temple a été élevé par Romulus, sous les
» mêmes auspices que Rome même ! toi, nommé dans tous les tems
» le soutien de l'Empire romain! tu préserveras de la rage de ce bri-
» gand tes autels, ces murs et la vie de nos citoyens, etc. »

(15) Ces deux derniers vers sont une imitation de Virgile qui peint
le vainqueur d'Antoine : *Stans celsâ in puppi*, et ajoute : *Patriumque
aperitur vertice sidus*. On n'a fait que substituer à la *poupe* guerrière
le char des triomphateurs, et l'*astre* de Jupiter Capitolien, dieu tutélaire de Rome, à l'étoile de César, génie tutélaire de son fils adoptif
Octave-Auguste. Personne n'ignore combien ces sortes d'images
étaient familières aux poëtes de l'antiquité. On pourrait en citer du

Aɪɴsɪ, chez nos neveux, en des siècles nouveaux,
Leur roi, si la victoire avait fui ses drapeaux,
S'écrîrait: « Je t'implore, ô temple tutélaire (16)
» Où des mânes guerriers le culte héréditaire
» Sur un marbre vieilli fait triompher encor
» Les vainqueurs d'Iéna, les vainqueurs du Tabor! »
Sa douleur des héros invoquerait l'exemple :
Les héros indignés sortiraient de leur temple ;
Et nos soldats, conduits par ces chefs belliqueux,
Forceraient la fortune à les suivre comme eux.

Moɴuмeɴт protecteur, hâte-toi de paraître !
Sur le marbre et l'airain hâtez-vous de renaître,
Vous que dans son enceinte appellent vos exploits !
Oh ! quand viendra le jour où l'arbitre des rois
Sur le char de la paix conduira la victoire
Du *Palais de l'Honneur* au *Temple de la Gloire !* . . .
Il est venu : déjà l'aigle triomphateur,
Dé ce dôme élancé, plane sur sa hauteur,
Et porte dans les cieux la palme et le tonnerre :
Le bronze retentit sans alarmer la terre,

---

nombreux exemples ; et j'ai cru qu'il était encore permis de les employer dans des sujets tirés de l'antiquité même.

(16) Le temple de la Gloire qui va s'élever en face du palais du Corps-Législatif.

Et, chassant les vapeurs de l'orient vermeil ;
Aux fêtes de la Gloire invite le soleil.
Les clairons belliqueux, les lyres poétiques,
Des fêtes de la Gloire entonnent les cantiques.
« Gloire ! » le char paraît ; devançons les coursiers :
« Gloire ! » suivez le char et semez les lauriers. . .
Le temple s'ouvre : aux yeux de la foule attendrie
Paraissent les Héros qu'a pleurés la Patrie ;
Voilà leurs noms, leur cendre et leurs traits immortels (17).
La Patrie, en ce jour, au pied de leurs autels
Apporte le tribut de sa reconnaissance.
Enflammant tous les cœurs, la voix de l'éloquence
Fait retentir ces murs du bruit de leurs exploits :
Et, comme aux chants du Barde on voyait autrefois
Des fantômes guerriers s'agiter les nuages,
J'ai cru voir des Héros tressaillir les images.
A tout ce qui fut grand et qui servit l'Etat,
Sur les mers, dans les camps, au Lycée, au Sénat,
La Déité du Temple apporte la couronne.
Le marbre la reçoit, le Monarque la donne.
Et, tel que Jupiter environné des Dieux,
Sur un trône entouré de ces morts glorieux

---

(17) Les urnes, les statues des grands hommes, les tables de
marbre où leurs noms doivent être gravés.

Qu'invoque la Patrie, et que l'Europe admire;
De ses vastes regards il parcourt son Empire.
Sur des monts applanis il voit les chars rouler,
Loin du lit paternel des fleuves se mêler,
La gerbe des marais fatiguer la faucille;
Tandis qu'à ses côtés, l'espoir de sa famille,
Un fils qui, le front ceint du bandeau des Césars,
Régna, dès le berceau, sur la ville de Mars,
Se plaint que, de sa gloire épuisant l'héritage,
Un père ne réserve à son jeune courage
Que des rivaux vaincus, que des trônes amis,
Des remparts achevés et des fleuves soumis.